詹澈截句

詹澈 著

截句●會是詩裡飛射的眼淚與子彈

行詩

發酵一首詩；

廚餘成為

堆肥再——

給

花

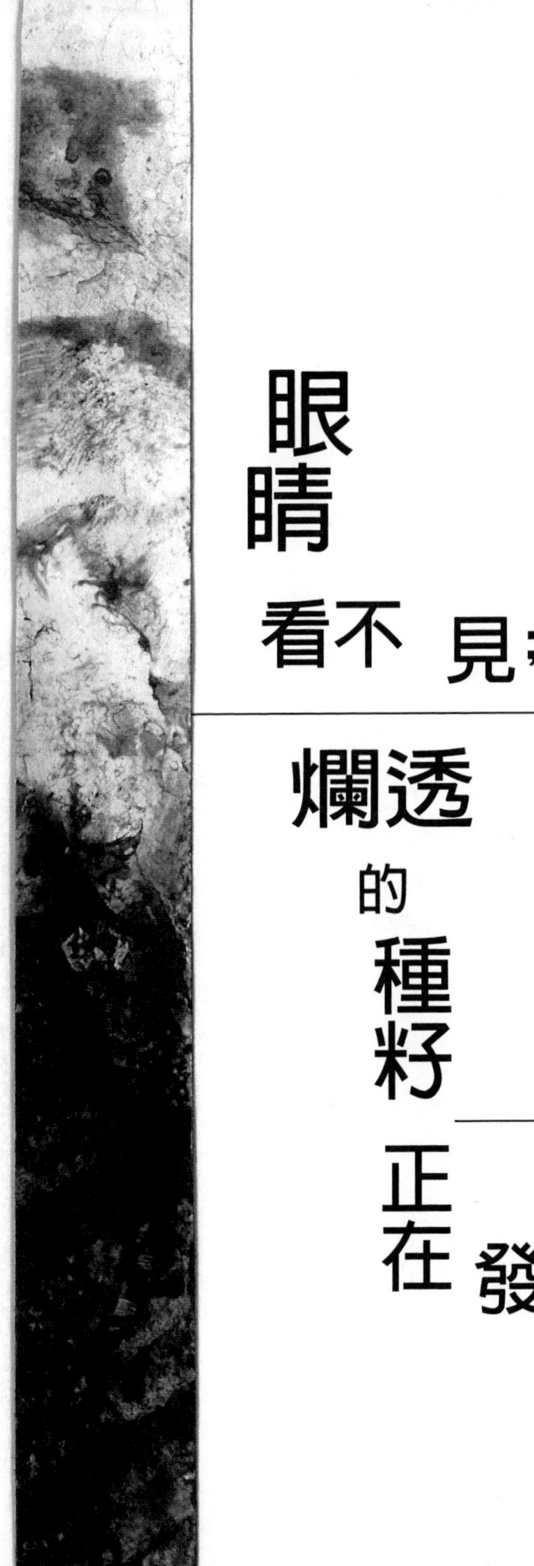

眼睛看不見；

爛透的種籽

正在發芽

【截句詩系第二輯總序】
「截句」

李瑞騰

上世紀的八十年代之初，我曾經寫過一本《水晶簾捲——絕句精華賞析》，挑選的絕句有七十餘首，注釋加賞析，前面並有一篇導言〈四行的內心世界〉，談絕句的基本構成：形象性、音樂性、意象性；論其四行的內心世界：感性的美之觀照、知性的批評行為。

三十餘年後，讀著臺灣詩學季刊社力推的「截句」，不免想起昔日閱讀和注析絕句的往事；重讀那篇導言，覺得二者在詩藝內涵上實有相通之處。但今之「截句」，非古之「截句」（截律之半），而是用其名的一種現代新文類。

探討「截句」作為一種文類的名與實，是很有意思的。首先，就其生成而言，「截句」從一首較長的詩中截取數句，通常是四行以內；後來詩人創作「截句」，寫成四行以內，其表現美學正如古之絕句。這等於說，今之「截句」有二種：一是「截」的，二是創作的。但不管如何，二者的篇幅皆短小，即四行以內，句絕而意不絕。

說來也是一件大事，去年臺灣詩學季刊社總共出版了13本個人截句詩集，並有一本新加坡卡夫的《截句選讀》、一本白靈編的《臺灣詩學截句選300首》；今年也將出版23本，有幾本華文地區的截句選，如《新華截句選》、《馬華截句選》、《菲華截句選》、《越華截句選》、《緬華截句選》等，另外有卡夫的《截句選讀二》、香港青年學者余境熹的《截竹為筒作笛吹：截句詩「誤讀」》、白靈又編了《魚跳：2018臉書截句300首》等，截句影響的版圖比前一年又拓展了不少。

同時，我們將在今年年底與東吳大學中文系合辦

「現代截句詩學研討會」，深化此一文類。如同古之絕句，截句語近而情遙，極適合今天的網路新媒體，我們相信會有更多人投身到這個園地來耕耘。

【自序】

今年四月我剛出版了這幾年一直思考與試寫，至去年2017年新詩一百年，才整理出版比較完整的「試寫五五詩體」的詩集《發酵》，也認真的辦了新書發表會，承蒙諸多詩友的蒞臨指導與鼓勵。這期間也陸續讀到白靈與蕭蕭在臉書網路與報刊上鼓吹【截句】詩體，我因專注於「五五詩體」的創作與詩集出版，並未仔細去了解與閱讀。而我涉入臉書等網路也是因這兩年沒有正式工作後較有閒時去閱讀。

今年初白靈送我他的【截句】詩集一百首，並有十幾位詩人同時出版【截句】詩集，準備今年會出版第二批【截句】詩集，邀請我也能一起出版，我說試試看。

我其實不是很清楚甚麼是【截句】，只知是從自己的舊作中截取一段的四句而成，或則新創作的四行詩。於是我就從這幾年陸續寫下，沒有整理的片段詩稿開始整理為四行的截句。有一部分是舊作中截句的四行。

我初聽截句詩，第一反應是古典詩的絕句，也是四行。這應是巧合也是相應，似乎方塊字形的中文，或更廣闊的說，人類的語言與文字應用，朝著簡化的過程有相似的規律，我不是語言學與聲韻學專家，只憑著一個寫詩人的直覺與感覺。其次，我還是認為與印刷技術及印刷媒介的發明有關，在以甲骨至竹簡絲帛為文字記載的時代，奏文與作文，基本上都以類似辭、賦、詩、詞等簡短文字為之。至紙與印刷術的改進與普遍，就到了人人有文本的白話小說盛行的時代，至今電腦網路手機盛行，文字載體再次革命性改變，人的生活型態也更複雜匆忙，簡短易讀的詩更容易出現，但這並不表示短詩就更容易傳世，短詩取巧，也就有一定的極限。

新詩至現代詩的短詩發展很早，1930-1940年代就有好的作品出現，具代表性者如冰心的〈繁星〉。四行詩如卞之琳的〈斷章〉與〈魚化石〉，至今日短詩創作難於盡數盡讀，就我有限的閱讀，能超越〈斷章〉與〈魚化石〉者屈指可數，特將此二首詩節錄於此：

〈斷章〉

你站在橋上看風景，
看風景的人在樓上看你。

明月裝飾了你的窗子，
你裝飾了別人的夢。

〈魚化石（一條魚或一個女子說）〉

我要有你的懷抱的形狀
我往往融化於水的線條
你真像鏡子一樣的愛我嗎
你我都遠了乃有了魚化石

新詩發展百年，閱讀此短詩，覺得似在昨日，它的語言是新詩發端後白話為主的易讀的語言，意象、美感、技巧、境界、思想卻能完整的表現，恐怕是所謂現代詩與後現代詩的複雜語句也難於如此好的表達的。由此可知，短詩卻有其能量，如鏢如刺如匕首如子彈，如最小的粒子會放出無限的能量。但如一個詩人長期嗜習的只寫短詩，恐怕也容易簡化與小化詩人的能量，我這長期習慣寫長詩的人，近一年習此截句，已略有此覺，此詩體適合靈光閃現速記寫下，偶而為之甚喜，願與詩人同道互勉。我的下一本詩集會再試寫「五五詩體」。至於截句，似已成一個新詩體，乃會自然為之。

目　次

823砲戰博物館
——泉州晉江圍頭村所見

彈孔如淚痕，彈坑如墳穴
歪嘴的窗戶斜眼的士兵
在這裡戰爭被一時定格，是靜態的皮影
戰爭死了，才使人復活

一面對話一面走遠

看見人性在父親身上刻痕
母親已逝，另一個她挨著他
看見慾望和慾望一面對話一面走遠
自己解剖自己吧，如夜的月刀切開河岸

一點的上面

老鷹和鴿子在空中飛翔，獵殺的眼睛
與和平的翅膀，偶然交會成剎那的一點
夜色輕罩四方——在那一點的上面
出現了我嚮往的星星

十二個

聽見水聲的夜路裡，看見山腳的燈火了
傳來嬰兒的哭聲，夾著村巷裡的狗吠
草隙間閃著星光，近鄉，進鄉情怯了
阿木說，小學同學已死了十二個

不會潮濕

溪底已被黑夜籠罩
黑夜被雨披上黑色雨衣
黑夜的身體不會潮濕
黑夜是太陽的影子

五月

冬的思想走進春的相思已是中年
五月的相思樹開著金秋漫爛的金黃
旁邊泛濾一片五月雪油桐花的清香
我呼喊一個名字，樹林一嚇顫動起蟬鳴

引力

不自由的雲與海浪，一面雨泣一面悲歌
地心引力啊最深處的懸念或地藏的慈悲
遲來的早星，半睜著清醒半憐惜
薄膜似的初月，在春分望穿秋分

以水聲

想用最平白的語言，以水聲
對著已過身的不識字的母親說話
想用最簡單的文字素描翡翠西瓜
像在貝殼像貝葉的西瓜葉上寫象形文字

以火引火

用鑽木起火的火生起篝火，讓火和木頭
最後都消失在灰燼裡，讓灰燼和體內
埋藏的火星，起於風也消失於風
我沒有成功的鑽出火舌，因為我疲倦

另一種陌生

如果只能如此平靜著生存，不出賣
忠貞的土地，沒有喧囂，也許好一點
但天色一暗，山谷扣緊夜的風衣
山頂就亮起迷惑的眼睛，醒成另一種陌生

叮嚀

夜裡，母親蹲著貼聽，瓜果長大的聲音
細胞在分裂，皮網在擴散
種子在變色——我蹲在她的肚腹裡——
中年了，我跪在她骨甕前貼聽那叮嚀

失散的

從溪邊走進山的心裡，沿途目睹
參差的石頭是山的骨肉
因無數次濫砍與洪水
心痛的山遠遠望著失散的孤兒

民調

這釣民的、弔民的、民悼的，這工具
最現代也是最古老的技術與伎倆
卻在一個島上公然誘使青年走向戰爭
而多數青年顫抖閃爍的手機未接到徵詢

白芽

河對岸崖壁的鏡面，被冷靜的太陽光束
碰撞生熱，火花誘惑火舌，以人形四肢
和野火的姿勢，撿食一大片離離荒草
我觀望，影子已被燒出灰燼裡的白芽

立春

立春，雨把姿勢放軟了
紅日遲遲，還似深冬結痂的傷口
左右搖擺的夢境，有聲音潑啦
看見童年騎在牛背上，從水中走來

再呼喊

流雲流入山谷被夜色凝結為繭
月色又敷上蛋白的薄膜
我再向它呼喊一個人的名字
空谷迴響著黎明前破繭似的騷動

吃飽沒

「早啊，吃飽沒？」，互相問候
這古老純樸的語言，非垃圾性的語言
有內心說不清的溫暖，有時卻憤怒；
當遇見貪腐的官商，他面不改色

向日葵

他們把你的臉轉向把名字改了
不敢面對太陽的信仰卻以太陽為名
惠特曼的太陽艾青的向太陽還有東方紅
這詩與歌會刺痛他們午夜的夢

在石頭上數金

無產的勞動者，渴望解放自己解放別人
像那些等待黎明的革命者，我的青年
無政府的眼，熬待曙光，在堤防邊醒目
在石頭上數金，在西瓜皮泛亮

多餘的滲透

山頂，被月光切平，樹梢細如芒草
農戶的燈窗，粒粒如星眼惺忪
老農們已提早關掉電視，關掉那些
強制的滲透與多數不相干的多餘

如何談

這是可以談如何談的時候了，譬如和平
譬如肥料價格與進口關稅，譬如石油
譬如白皮黃肉、綠皮紅肉的西瓜與思想
或是人與人，南與北，農民和軍火商

如鯁在喉

島的燈塔亮了，矮了，黑夜逐漸降臨
向四周撒下密網，零碎的星芒
像魚網邊銳利的尖刺，黑吞噬了夜
燈塔和星卻如鯁在喉，黑夜喘著潮汐

守夜人

白天被太陽烤熱，用勞動禁慾三個月的
守夜人，（那個年輕的無政府主義者）
像守著最後一夜貞操的西瓜
用紅色血液衝擊管脈波浪

成群的海鳥

海浪嗥滔，陶瓷迸裂的聲音跟著
成群的海鳥啄食礁岩的蜂巢
雲網在風中撕裂，蝴蝶與蜜蜂糾纏翻滾
踏著海浪從生到死的，英雄與孤魂們

伸手

秋分了，荒村的古寺前
月光與夜氣還給枯葉施捨春天的露珠
好像慈悲的老僧在坐化前，伸手
擦拭乾燥的，窮人的眼淚

何時可以成飯

飢餓產生慾望，如沙在水中煮沸
何時可以成飯？何時覺知夢幻
山如鍋盆煮著雲彩，雲彩在固化那座山
慾望催生夢幻，夢幻吹破泡影

抄襲

看那學院的屋頂企圖高過教堂
卻有人撞響了那口晨鐘似的喪鐘
鐘聲啊流出了造鐘人埋在地底的眼淚
青青學子還是擁擠如魚點與星芒

折腰的楓樹

水源以雙手連接瀑布，然後躬身起彩虹
斷身以死生的瀑布，以一棵楓樹的紅顏
折腰，俯瞰下游勞動中的農民，中年的
我，站在瀑布上看見童年在河邊走著

沙悟淨

在我腳下，好乾淨好乾淨的沙
好厚如一團星群的棉絮
（我漂浮其上，在西遊的河裡
以為自己就是沙悟淨）

身影

在海邊，在地平線這邊，極目遠眺
什麼時候可到那原鄉，看見那
千年不變，堅毅的、最初的、已逝的
父親，被晨曦拉長的農夫的身影

來不及

是氣候，還是商販的欺騙，父親指著
西瓜品種，紅色肉變蒼白
透明蛙卵的種籽，來不及蛻成蝌蚪黑子
父親，我來不及向你用詩解釋生活與思想

初於聞中

呼吸和心跳從山陰穿過山陽
春分，潮音穿過陸連島和月洞
流過耳規，順溪水下匯大海，此時
妳來叮嚀楞嚴，「初於聞中，入流亡所」

受傷的眼睛

打靶的部隊走遠了，山壁上彈孔重疊彈孔
一排排受傷的眼睛，像下垂的稻穗
入夜後也下垂下來的一排排星粒
已是眼淚，在中東靠近北非的方向

爬上斷崖

極暗如關房，我聽到褐飛蝨和尾塵子
失去光亮時盲翅飛竄，如死亡的嗡嚀
因光飛入的蛾，安靜的閉在唇上
慢慢的，從我鼻樑岩脊爬上斷崖額際

肥瘦

農舍豪宅如春筍，鄉村良田漸漸瘦了
肥了誰，富財團和窮農民都同時要求
公地放領農地自由買賣，演講時要不要
重複說明WTO和資本主義，與慾望

花布巾

那條母親去世前常用來包斗笠的花布巾
綁在農用搬運車紅色的車架上
看起來像一面旗幟，那被綁的旗布
在風聲中浪一樣翻開了

阿爸回去了

他藍色小貨車的前燈，以七十八歲的速度
經過山下的橋，我必須再思考彼此距離
那時，我們剛決定放棄承租的土地
不久他就老去了，車燈還在我前方亮著

雨的體味

黃昏時我還聞到，雨的體味
她的腳步踏陷在蓬鬆的沙地上
帶著悶哼與暑溽，從山谷走來
踩過蒸著熱氣的我的裸體

俘虜

被整座山俘虜的碉堡，在被埋葬前
還以頑固的姿勢守衛東海岸
新資本的開發充滿美麗的動詞
碉堡老邁的傾斜肩膀，雙眼布滿血絲

咬出火花

撿到兩顆童年的石頭，它們像山掉落的
臼牙，用它們摩擦，咬出火花
迸散的火星立刻被陽光溶化
例如很多記不清的念頭

思辨

雲勞動了一天，在兩座山的天秤上
學我一樣靜坐，飢餓之因從肉體底層
滾動隆隆雷聲，意識向上衝擊
上層結構，靜寂的腦海有了思辨的閃電

持續

春夏交，休漁期，黃魚與帶魚準備產卵
平靜的海上，持續有軍艦緩緩駛過
沒有國界的魚，沒有國界的雲跟著
還有鳥，站在旗幟與落日間吹哨

春雷響在心裡

天邊出現魚鱗雲片，霓從山谷包圍虹
虹用彩帶躬身汲水，如吸管吮水
火車載著疲倦的遊子穿過隧道，車聲
工農工農轟隆，如春雷響過彩虹

泉州

風帆與風幡，弘一大師您的袈裟
如何引領鄭和下西洋時迷失於陸地的
水手或逃兵，他們的亡魂，回來看望
泉州，五百年前世界第一大港

流星之一

它未曾命名就去尋覓
黑夜的母親白天的妻子
她流著精子紫色尾巴
他看見子宮，和宇宙的胎盤

流星之二

是誰在宇宙的大地
撒播時間的種粒
是誰在我岩石的心上
劃過一道光亮

流星之三

是你嗎？流過你母親
宇宙一般空曠的黑暗，無私的身體
聽不到哭聲，像一個白色驚嘆號
去的那麼快，卻消失的那麼慢

為了不怕

為了不怕階級和色彩的侵犯，我必須
繼續和初月，和日出辯證什麼才是
會變的光，什麼才是土地裡不變的意志
和體內不滅的能量勞動

看不見

站著，身體如日晷，緊抓著影子
落日已看見初月，初月已看見早星
影子黏在石頭裡，黑夜溶化了石頭
一直站著等，就是看不見真正的自己

看戲

村口剛響過鞭炮，土地廟前
上演著已沒人看的布袋戲；俠盜都假死
月光冷冷，被風吹散披風的木麻黃
像火神背後插滿旗幡，站在我身邊

美麗的網

至出海口，溪河已散開成網狀
夕陽補釘似的洞窗，如魚網交錯的結格
在溪河邊耕作的農民，被美麗的網困住
堤防上觀望的我，想起已逝的父親

容顏模糊

本來瘀青的山頭，因季節揉搓
和濫墾蹂躪，已有出血的赭紅
初春淫雨，淚水順勢而下
妳的容顏在山壁模糊

時鐘草

蒙著臉的，阿美族的農婦覺望著海岸
那碉堡，遠看像土崙，近看似無碑的墓
四周的颱風草努力生長了六十年，日據
再過民國了，還細小如他塚上的時鐘草

桑田
——泉州晉江所見

樹林化石於海岸，一萬年前，誰看見
海底是樹林，有一條古道走向澎湖
那隻日月潭水下挖出的長毛象
走過桑田，一定記得那條走過來的古道

古董拍賣場

在那裡人們可以用嘴叫喊一個數字
可以交換地球的元素，錦繡河山的結晶
和人的靈魂，紙，可以交換黃金
但包不住火、慾望和身體

參賽者

市場邊待宰的公雞，乃伸頸忠職於晨蹄
在網上掙扎的賽鴿，被當成晚餐的菜鴿
生存競賽的跑道有轉彎的，陷阱
太陽，請讓我這參賽者跑在你前面

晨光

沿著被太陽曬彎的海岸線行軍的士兵
至深夜背著槍管的芽走在月光凝固的山陵線上
插旗紮營在樹林圍繞的墳塚邊；這是第N次
徒勞的演習，當晨光像子彈射穿他們的夢

猜測

溪邊難以億計的沙，磷磷閃著寂光
像銀河邊的星群彼此猜測著自己的名字
誰有了記憶，突然縱入黑暗最深處
那意念的化石，已從黑洞的另一邊出身

眼眶

被黑夜用黑布蒙上的山頭
露出碉堡的眼眶，沒有敵人了
是誰在裡面點了蠟燭
吵醒了眼眶裡的眼神

被捉住的

夜色，蹲下來了，與溪邊的樹和樹影
蹲下來吧，河岸的山和山腳，和我一起
等待篝火的火舌會停在那裡，被捉住
我和影子都黑成地底煤塊，定格的版畫

這戲

歹戲可以拖棚，戲碼要改了嗎
緊湊翻滾的鑼鼓與口水，豈會是戰爭
這戲，木偶換了幾次，輪到誰要掌控
誰就面對歷史的現實與殘酷

逝者如是

父親不在意的摘掉一個歪臍的窳瓜
順手丟到溪裡就忘了它，溪水也沒感受
它的重量，溪水還是認真無騖
不捨晝夜，努力向出海口奔流

陷阱

堅牢的河岸，雲塔似的大樹金醒著晨曦
不需向它炫耀百分之百的自由
向下走的不自由的水，水上的落葉
瀑布與海在深處等你，那看不見的陷阱

割裂天空

冬至的冷風，止不住夕陽滾燙著海水
卻燒紅了山上一排愁困的楓樹
更冷的雲走成雪，雪線亮如一把彎刀
像一行能割裂天空的詩

善變多彩

雲層善變多彩，是因為有不變的陽光
多變的慾望與夢幻是因為會老的肉體
人類差異的思想、主義、制度和信仰
如何才會是為了靈魂一致向善

堡壘與夢土

折腰的蘆葦在溪邊看著殘留的木樁
已逝的母親曾在這沙地上插上三支香
木樁與香柱，我心中顫抖的筆
如何重建西瓜寮的堡壘與詩的夢土

煤

那個無賴神氣的說我乾淨
我們在火爐裡轟然竊笑
已在地層裡汙黑了樹的年輪一萬年
再黑，也只想能溫軟寒冬的人間

悲體字母

嚴冬，九港風帶著利刃走來
一群夭折的狗尾草鞠躬向南
山坡荒蕪，彷彿所有農作物已先
殉難身亡，乾枯著枝骨排列成悲體字母

然後

「沒有一個統治者可以掌握它」
海浪是另一種形式的水，它要往上爬
爬過界限分明的海岸與國界，然後下跪
吻著，誘惑著，又圈圍著人類的慾望

發酵

發酵一首詩；廚餘成為堆肥再給花
眼睛看不見；爛透的種籽正在發芽
像一夜長一寸的西瓜，或胎兒
膨脹的夜色與夜氣，瘦林散發著肥霧

給陳子昂

唐朝幽州台浮在海上已是心中的蜃樓
握筆荷鋤面對海洋，找不到犁與槳
看見李白醉在雨中拔劍四顧無人影
流不出的眼淚是水下點點血色星芒

菜蟲
——想起某人

看來不是會吐盡詩絲的春蠶
蠕動著多足自肥的綠色身軀
在結繭自縛或化蝶前
猶持續啃食噴了農藥的葉菜

酡紅而黑墨

冬季裡早到的暮色，帶著酡紅的眼神
從剛剛還是藍色的海上走來
它挪移裙襬，掩沒了河裡雲的腳印
遼敻著溪床由白泛黑，黑墨我的影子

陽光的焦味

陽光的焦味，從鼻翼煽動味覺
一縷縷嬝繞童年的炊煙——我餓了
我真的餓了，但飢餓何時可以餵養悟性
什麼時候太陽才會看見自己的影子

慈悲的嘴唇

花海，數以億計的雄蕊引頸顧盼
蜜蜂和藍尾鳳蝶認真吸吮花蜜
雌花授粉受孕後立刻凋萎
花瓣緊閉成受傷或慈悲的嘴唇

搖籃

沙漠裡死了的母親自動把腳朝向家鄉
薄月似的女兒以眼淚甩成濺散的子彈
軍火商的搖籃是海上幌行的軍艦，中東
幾個油商與糧商搖著狗尾扇跟著走過

會紅的楓

有一棵會紅的楓，年輪長著思想
饑寒至忍冬，直直站在麥飯石上
紅如一朵紅花插在山的斗笠上
表示活著，或死也不折腰

溢出水聲

飽滿的夜色漲出帳篷
好高，好高的銀河已溢出水聲
星光的賊眼刺穿我的慾望
深夜後的初月，像單耳側臉

碉堡的眼睛

戰後，看盡六十年，眼前的村莊
當年沒死的夫妻，相扶在前領路，後面
已死的幽魂聽見海浪轟擊岩壁，就驚惶
化成海風中的樹影，風沙，與泡沫

蛻化

肉體長期勞動後的思考使我疲倦
我不是青年馬克思，我被自己的矛盾
老化了，來不及把思想醱酵
或蛻化成螢火，與星光

詩之一

不眠又不能成夢
想把白天的太陽化成夜露
不滿又忍破口張聲
只把唾沫煉成會飛的子彈

詩之二

凌晨勃起中年的春潮
桌燈亮起，躬身斜影
直至晨曦已溶解桌燈的光圈
夜海的星粒在腦海亮成詩句

跟著

飄遊的雲與雀躍的海浪啊
一路跟著走唱的無政府主義者
我還是留在原地的野草
踐踏過我的人已跟著你們走了

路人

原本以為自己是寒冬裡青脆的松柏
樹幹上的鱗片會有龍的光芒，堅持樹葉
不會掉落，如那尊永遠不會掉淚的銅像
匆忙的路人早已忘了他的名字

電話響了
——想起川蔡

電話響了，餐廳裡有人亢奮回答是川菜
房產商用白居易廣告；商人重利輕別離
有人心內彈琵琶；望春風，窗外
綠色啄木鳥急啄著壁畫裡孫中山的眼睛

對視

山壁，在雲母黑中夾著貓眼白
時間的顏色凝煉在空間裡
天色，在貓眼白中夾著雲母黑
我在籠子外與一隻母雲豹對視——

種樹
——想起某人

已厭倦彎腰插秧蒔草，與收穫
他在種植水稻主糧的良田上種樹
接受政府違背自然生機的補助，多餘的樹苗
捐贈給本應是離離野草的墓園，以為陰德

端午

屈原站在河邊，昂步天梯俯瞰
春秋以後的楚河漢界，生死難測的人間
詩經中的窈窕淑女剛渡過銀河，水聲潑啦
詩經中的碩鼠又已竄入竹林，而七賢已亡

管
——路過台大

傅爺的幽靈又回來看這口鐘
它以彈殼煉造成天燈似的身軀
明明敲著莘莘學子去上課的鐘聲
卻聽見戰爭的聲音近臨了

翠玉白菜

那雕琢的原始勞動者以他的苦行
用完美的完成紓解生存的飢渴
藍、綠、黛、靛的交織色彩中是否有
一點鮮紅是他的血，一點白晶是他的淚

艋舺

龍山寺的信眾，似乎已不再思想起
泉州晉江的慈航，他們在島上
築起本土自主的信仰，彷彿
就可以永遠抵擋戰爭的因果

蒸發

太陽的手指緊緊拉扯水蒸氣的髮絲
沙地上，瓜苗都張著芽口呼喊
水啊——影子也快蒸發了
父親仰望遠方的烏雲，吞著口水

輕的重量

山茼蒿和菅芒花，種籽長滿白色絨毛
在風中以長腳蚊的姿勢，翻身飛行
以難於承受的輕的重量，在驟雨中下墜
如數以億計的雪花陷入流沙

戳穿界線

山和海以一條公路，以木麻黃林為界
雲吻著遠方的綠島，松針葉的耳朵
才聽見秋天悄悄來臨，就看見你的冬天
以我的手指戳穿枯禿的枝椏上的雲層

蝴蝶

一夜的蛛網還纏在髮絲與眼睫毛上
八方生活的網，捕捉到誤入的蝴蝶
這飛蚊症眼裡消失的扇動的斑塊
在記憶的版圖裡是一個蝴蝶狀的小島

駝著沉重的夕陽

蒼老的山和山谷，岩壁偶有貝殼化石
雲母色的雲，向山腳瘦著彎腰，拉拔起
童年的炊煙，已逝的母親還蹲在灶口燒飯
彷彿農民的背影還駝著沉重的夕陽

橢圓

園裡的，市場上的，父親種過的西瓜
同樣是一個個正在成長的圓
太陽摸過，月亮吻過，經緯縱橫
這地球的橢圓，早已是個存在

窺視初冬

雲母色的雲，浮貼著秋天的山谷
菅芒花，甩著越走越散的白髮
將一條白色風路開向出海口
落日還溫著，初冬已在綠島那邊窺視

篝火

入夜的溪邊，我還要蹲守一堆篝火
火光款步走過溪的對岸，搖擺的火舌
和影子爭辯，用歌聲蕩開漣漪
溶入溪水漂過對岸，對岸還有回音

瞭望

今晨終於看見夢裡的自己
是夢醒時峭壁上一棵落盡紅葉的小楓樹
像脫了毛的猴子，用枝椏遮眼瞭望
能看盡多遠的遠方，那還是旅途——

彎曲

祖父告訴父親，父親告訴我，他的腿
因長期在田裡勞動而略為彎曲
是的，因那是一直向太陽鞠躬禮拜的儀式
但我們的心眼是直的，腳底是厚的

聽聞

寺裡傳出誦經聲，木魚游在鐘聲裡
那些比丘比丘尼用聲韻測度善惡
意念形相比夸克還小，例如眼淚和露水
從無到有，入流亡所，動靜潮汐

讀史

史記，字跡密密麻麻似雨絲和雨絲
厚厚如一層散聚的雲，有的朝代
在一頁裡只一行，有的帝王一生不到
半句，有的司馬遷剛下筆就已是句點

語言文學類　截句詩系20　PG2130

詹澈截句

作　　者 / 詹　澈
責任編輯 / 林昕平
圖文排版 / 周好靜
封面原創設計 / 許水富
封面設計 / 王嵩賀

發 行 人 / 宋政坤
法律顧問 / 毛國樑　律師
出版發行 / 秀威資訊科技股份有限公司
114台北市內湖區瑞光路76巷65號1樓
電話：+886-2-2796-3638　傳真：+886-2-2796-1377
http://www.showwe.com.tw
劃撥帳號 / 19563868　戶名：秀威資訊科技股份有限公司
讀者服務信箱：service@showwe.com.tw
展售門市 / 國家書店（松江門市）
104台北市中山區松江路209號1樓
電話：+886-2-2518-0207　傳真：+886-2-2518-0778
網路訂購 / 秀威網路書店：https://store.showwe.tw
國家網路書店：https://www.govbooks.com.tw

2018年10月　BOD一版
定價：220元

國家圖書館出版品預行編目

詹澈截句 / 詹澈著. -- 一版. -- 臺北市 : 秀威資訊科技, 2018.10

面； 公分. -- (語言文學類)(截句詩系 ; 20)

BOD版

ISBN 978-986-326-621-1(平裝)

851.486 107017633

讀者回函卡

感謝您購買本書，為提升服務品質，請填妥以下資料，將讀者回函卡直接寄回或傳真本公司，收到您的寶貴意見後，我們會收藏記錄及檢討，謝謝！如您需要了解本公司最新出版書目、購書優惠或企劃活動，歡迎您上網查詢或下載相關資料：http:// www.showwe.com.tw

您購買的書名：________________________________

出生日期：________年________月________日

學歷：□高中（含）以下　□大專　□研究所（含）以上

職業：□製造業　□金融業　□資訊業　□軍警　□傳播業　□自由業

□服務業　□公務員　□教職　□學生　□家管　□其它____

購書地點：□網路書店　□實體書店　□書展　□郵購　□贈閱　□其他

您從何得知本書的消息？

□網路書店　□實體書店　□網路搜尋　□電子報　□書訊　□雜誌

□傳播媒體　□親友推薦　□網站推薦　□部落格　□其他__________

您對本書的評價：（請填代號　1.非常滿意　2.滿意　3.尚可　4.再改進）

封面設計____　版面編排____　內容____　文／譯筆____　價格____

讀完書後您覺得：

□很有收穫　□有收穫　□收穫不多　□沒收穫

對我們的建議：________________________________

____

____

____

請貼
郵票

11466
台北市內湖區瑞光路 76 巷 65 號 1 樓

秀威資訊科技股份有限公司　收

BOD 數位出版事業部

....

（請沿線對折寄回，謝謝！）

姓　　名：________________　年齡：______　性別：□女　□男

郵遞區號：□□□□□

地　　址：______________________________________

聯絡電話：（日）________________（夜）________________

E-mail：______________________________________